Paul Hohlfeld

Der Philosoph auf der Landpfarre

Zeitgemälde in fünf Aufzügen

Paul Hohlfeld

Der Philosoph auf der Landpfarre
Zeitgemälde in fünf Aufzügen

ISBN/EAN: 9783743409897

Hergestellt in Europa, USA, Kanada, Australien, Japan

Cover: Foto ©Andreas Hilbeck / pixelio.de

Manufactured and distributed by brebook publishing software (www.brebook.com)

Paul Hohlfeld

Der Philosoph auf der Landpfarre

2025

Als Manuscript gedruckt.

Leipzig,
C. Grumbach.
1865.

Personen:

Helm, Doctor der Philosophie.

Anger, Candidat der Theologie.

Pastor.

Pastorin.

Hedwig, ihre Tochter.

Adele, ihre Base aus der Stadt.

Schauplatz: Im Gebirge, in und bei einem Dorfe.

1. Aufzug.

Vor einem Bauernhause. Bank.

1. Auftritt.

Helm (in Reisekleidung mit Täschchen und Wanderstab), bald darauf: Anger.

Helm (auftretend).
Hier also wohnt die alte, treue Seele!?
Ich mußte mehrmals fragen, eh' ich's fand.
He! Holla! Anger! Karl! Herr Candidat!
Zukünft'ger Pastor! Mädchenlehrer! He!
(Stimme drinnen:)
Die Stimme sollt' ich kennen! Komme gleich.

Helm.
Das ist er; ganz die alte Sprache noch!

Anger (herausstürzend.)
Und du wirst seh'n gleich, auch das alte Herz!
(Sie umarmen sich.)
Leg' ab nur, was dich drückt, und sei willkommen.
(Helm legt ab.)

Anger (ihn musternd).
Der Helm ist jetzt von einem Filz bedeckt,
Nicht mehr von einem Mützlein wie vordem.
Bist wohl nicht mehr Student? Und was denn dann?

Helm.

Zum Ersten bin ich Mensch, zum Zweiten Nichts,
Zum Dritten mehr als Beides: Philosoph,
Und doch viel wen'ger. Ha, begreifst du das?
Du wirst es nicht begreifen, kannst es nicht.
(Mit spaßhafter Würde.)
Das macht, du kennst der Weisheit Tiefen nicht,
Bist in den Brunnen nicht hinabgekrochen
Und zu der rechten Quelle nicht gelangt.

Anger.

Einst wollt' ich Bergmann werden, wäre dann
Der Sache tiefer auf den Grund gekommen.

Helm.

O nein, noch schwärzer wärst du dann als jetzt! —
Wie geht's denn dir?

Anger.

Mir geht es ganz erträglich.
Drei Jahre bin ich an derselben Schule.
Mich lieben, mich verehren meine Mädchen.

Helm.

Sind Zweifel wohl gestattet? oder nicht?

Anger.

An Allem, nur an unsrer Freundschaft nicht.

Helm.

An deiner bin ich manches Mal verzweifelt.
Ich hab' dir oft geschrieben, du — fast nie.
Natürlich ließ ich's schließlich selber sein.
's ist länger als ein Jahr her, daß ich nichts
Von dir vernommen.

Anger.

Just so auch bei mir.

Helm.

Das scheint dir wohl verwunderlich, mein Theurer?
Briefwechsel nennt man's, wenn sich Zweie schreiben;
Wenn's Einer thut, steht's schief und bald dann — gar nicht.

Anger.

Mit gleichem Vorwurf kann ich dir erwidern.
Wie freundlich hab' ich oft dich eingeladen,
Mich in den Ferien einmal zu besuchen.
Wie oft hast du's versprochen, nie gehalten!

Helm.

Drum kam ich jetzt, und damit wäre wohl
Der Streit geschlichtet; denn die Sache hebt sich.
Kein Wort mehr davon, es ist abgethan.
(Sie schütteln sich die Hände.)

Anger.

Noch einmal frag' ich dich: Was bist denn du?

Helm.

Dir war die Antwort wohl zu hoch gegeben?
Und ging in deinen Schädel nicht hinein?
Was auch kein Wunder: denn ich sagte Nichts
Und kann Nichts sagen, denn ich bin ja Nichts.
Bald bin ich hoffentlich — Privatdocent! —
Ein Schriftchen „über Liebe" hab' ich schon
Geschrieben und, wie nöthig, eingereicht.
Dann darf ich, wenn ich sonst Zuhörer finde,
Frei lesen, lehren, was ich weiß und nicht weiß,
Verhungern nebenbei und Bücher schreiben
Und Stunden geben, dir in's Handwerk pfuschen —

Anger.

Das sollst du nicht, trotz der Gewerbefreiheit!
Und welches Mannes Schüler nennst du dich?

Zu welcher Richtung und Partei gehörest du?
Weltweisheit ist ein vielgestaltig Wesen,
Vielhäuptig namentlich, und oft sich mausernd.

Helm.

Ich habe meinen Meister nie gesehn.
Er war nicht nur der größten Denker einer,
Nein, auch der reinsten, besten, frömmsten Menschen,
Und allharmonisch so wie seine Lehre
War er auch selbst. Doch glücklich war er nicht —
Wenn du das Glück in Außendingen suchst —
Er starb verkannt, im Elend, achtzehnhundert
Und zwei und dreißig. Friede seiner Asche!
Doch nimmer Ruhe gönn' ich seinen Werken,
Und seinen Schülern und mir selbst, bis sie
Die ganze Welt belehrt, beglückt, veredelt!
Sein Nam' ist Krause.

Anger.

Krause?! Ist mir's doch,
Den Namen hört' ich schon.

Helm (wehmüthig).

Der Nam' ist häufig.

Anger.

Nein, diesen Krause mein' ich, richtig: Krause,
Den Sonderling, den Schwärmer, den Phantasten?!
Oromendeigenlebst du so wie er?
Freilebbedinggliedbaulich-wesenhaft?
Was macht Urwesenmälleibmälgeistwesen?
Die Worte kann man gleich nach Ellen messen,
Sowie den Bandwurm! Schnack und Firlefanz!
Mich dünkt, wenn man verrückt nicht werden will,
So halte man das Zeug zehn Schritt vom Leibe!

Helm.

Ich scherze gern, doch nicht in ernsten Dingen,
Und ernst, ja heilig ist mir diese Sache!
Nicht macht das Kleid des Mannes wahren Werth.
So manch Gewand, das vordem hochgeschätzt —
Weil's schön und kostbar, würdig und bequem —
Um hohen Preis gekauft, zum höchsten Fest
Nur umgeworfen, allgemein gefiel,
Wird jetzt verachtet, weil man's nicht mehr trägt,
Wird jetzt verspottet, weil es nicht mehr Mode,
Und kann doch jedes Jahr es wieder werden!

Anger.

Das ist was Andres, Freund, und paßt nicht her.
Denn solche Sprache hat man nie gesprochen
Und wird man, hoff' ich, nie und nirgend reden!

Helm.

Auch in den Schulen nicht? Das ist die Frage! —
Hochschulen mein' ich, Märchenschulen nicht! —
Indeß gesetzt auch, du hast völlig recht,
Der Schlacken willen wirfst du reines Silber,
Gediegnes Gold, Demanten in den Staub?

Anger.

Das wär' noch zu beweisen!

Helm (ganz in Eifer).

Aber leicht
Für jeden Menschen, der Vernunft noch hat!

Anger.

Mein lieber Freund, du hast dich ganz ereifert.
Verzeih mir, daß ich dich so weit gebracht,
Und wenn ich vorschnell oder ungerecht
Von einem Ehrenmanne hab' gesprochen.

Versparen wir das auf ein andermal!
Dann will ich dich in aller Muße hören.
Ich bin nicht unempfänglich für dergleichen!
Doch fehlt's an Zeit, so etwas selbst zu treiben!

Helm.

Du warst der Klügre jetzt, ich — der Beschämte!

Anger.

Wenn du's zufrieden und nicht noch zu müde,
Stell' ich dich meinen Pflegeeltern vor,
Dem Pastor, seiner Frau und seiner Tochter.

Helm.

Ist das die Pfarre?

Anger.

Nein, hier wohn' ich nur
Bei Anverwandten, braven, schlichten Leuten —
Grad' auf dem Felde sind sie jetzt beschäftigt —
Die's übelnähmen, schlief' ich auf der Pfarre!
Die ist ein knappes Viertelstündchen weiter.
Da heut' ich erst gekommen, war ich selbst
Noch gar nicht dort. Stets ist Besuch willkommen,
Und dir wird's auch gefallen, alter Freund!

Helm.

Wo du dich heimisch fühlest, bin ich's auch.
Von Müdigkeit kann nicht die Rede sein.

Anger.

Die Tasche laß nur da. Du bist mein Gast
Auf ein'ge Tage, ich dein Wirth — und Schüler. (Beide ab).

Stube in der Pfarre.

1. Auftritt.

Hedwig (allein, ein Buch in der Hand).

So hat mich lange Nichts bewegt wie hier
Dies Buch, das eine Freundin mir geliehen.
Jetzt komm' ich oft mir ach! so sündig vor,
So irdisch=schwach, versenkt in Eiteles,
Am Diesseits haftend und an dieser Welt!
Zu ändern hab' ich ernstlich mich versucht.
Rückfällig aber ward ich jedesmal.
Es geht nicht. Bleiben muß ich, wie ich bin.
Im großen Ganzen kann kein Mensch sich ändern.
Ich bin zu einer Heiligen verdorben! —
Ja, meine Freundin, dieses seltne Wesen,
Ist wirklich ganz so, wie's im Buche steht.
Ergreifend ist es, ihren Worten lauschen,
Erhebend, ein Genuß, mit ihr zu sprechen.
Sind wir zusammen, bin ich schnell bekehrt;
Bin ich allein, erwachen meine Zweifel,
Und dieser Wirrwarr geht in einem fort.
O wüßt' ich jemand, der ihn enden könnte!

2. Auftritt.

Hedwig. Pastor.

Pastor.

Was liest du wieder da für dummes Zeug?!
Das überspannt die Menschen und vor allen
Die jungen Mädchen. Aeußerst schädlich ist's!

Hedwig.

Ich glaube, lieber Vater, hierin siehst
Du all zu schwarz. So schlimm ist es wohl nicht.

Pastor.

Nein, nein, es ist genau so, wie ich sagte!
Das führt zu Nichts als leerer Schwärmerei,
Zieht ab vom Leben und der frischen That,
Versenkt in Schwermut und macht heuchlerisch,
Und geist'ger Hochmut ist die leid'ge Folge.

Hedwig.

Du hast das Buch ja nicht gelesen, Vater.

Pastor.

Ist gar nicht nöthig; diese ganze Richtung
Ist mir bekannt und auch verhaßt genug.
In jedem solchen Buche steht dasselbe,
Nur mit ein wenig andern Redensarten;
Selbst diese wiederholen sich fast wörtlich!
's ist ewig nur der alte Sauerteig,
Der aufgewärmt nun schon viel hundertmal
Und gierig trotzdem noch verschlungen wird!
's ist unbegreiflich, aber dennoch wahr!

Hedwig.

Mir scheint, Bedürfniß muß nach solcher Speise
Im Volke doch vorhanden sein. Warum —
So sollt' ich denken — würde sie genossen
Und gern genossen, wenn's nicht also wäre?

Pastor.

Ja freilich, leider will man solches Zeug
Nicht lesen blos, auch in der Kirche hören.
Belehren ist des echten Pred'gers Sache
Und nicht verdummen. Wahre Frömmigkeit
Zeigt sich im Leben, zeigt sich in den Werken.
Hedwig, du selbst kommst mir seit ein'ger Zeit
In vieler Hinsicht ganz verändert vor.
Absichtlich meidest du Gesellschaft, Hedwig.
Das will mir nicht gefallen, ist nicht hübsch
Und paßt am wenigsten zum Erntefeste.

Hedwig.

Besorge nichts, mein Vater. Nur zu gut
Weiß ich und fühle, was sich in Gesellschaft
Geziemt, was nicht. Vertrauten öffn' ich nur
Das innr'e Heiligthum, laß in die Falten
Des Herzens blicken nur die Eingeweihten.
Doch heiter werd' ich in Gesellschaft sein.
Wer wird denn kommen?

Pastor.

     Nun, dein Pflegebruder,
Der Karl wird kommen und auch einmal pred'gen,
Und kehrt die Mutter aus der Stadt zurück,
Bringt sie Adelen mit, das gute Kind!
Dem ach so früh die beiden Eltern starben,
Von allen unsern Basen dir die liebste!

Hedweg.

Adele kommt? das ist ja reizend, Vater!
Und Karl wird kommen? O wie freu' ich mich!
Da giebt es Leben, und ich grüble nicht.
Ich will's, wo möglich, ganz und gar nun lassen!
   (Küßt ihren Vater und geht ab.)

3. Auftritt.

Pastor (allein).

Trotz aller Fehler ist's ein prächtig Mädchen!
Es ist mein ganzer Stolz, die einz'ge Tochter,
Das einz'ge Kind und meine ganze Liebe!
Sie glücklich wissen ist mein einz'ger Wunsch,
Das letzte Ziel von allem meinem Schaffen.
Für sie nur spar' ich. Hab ein hübsches Sümmchen
Denn nach und nach bereits zurückgelegt!
Das weiß auch mancher, manchen lockt es an.

Doch hat noch keiner sie davongetragen,
Noch hat der Rechte sich nicht eingestellt.
Kommt der, dann läßt sie ihre Schwärmerei.
Vielmehr sie überträgt die Schwärmerei
Auf einen schönen, würd'gen Gegenstand,
Und ich will hoffen, daß dies bald geschehe!

2. Aufzug.

Stube in der Pfarre.

1. Auftritt.

Hedwig, Anger und Helm (eintretend).

Anger.

Ich habe mir erlaubt, hier meinen Freund,
Herrn Doctor Helm — Sie müssen sich besinnen,
Daß ich ihn oft erwähnte — mitzubringen.

Hedwig.

Es ist mir fast wie so, wenn auch nicht deutlich.
Auf jeden Fall willkommen heiß' ich Sie
In meiner Eltern Namen.

Helm.

Werthes Fräulein,
Im eignen Namen thun Sie's also nicht?

Hedwig.

Soweit sind wir denn doch noch nicht, Herr Doctor.
Allein, was noch nicht ist, kann ja noch werden.

Helm.

Ein schöner Trost aus schönem Munde, Fräulein.
Für's Erste muß ich wohl zufrieden sein.

Hedwig.

Zufriedenheit ist eine schöne Tugend
Wie ihre Schwester, die Bescheidenheit.
Ich kann sie jungen Leuten namentlich
Empfehlen wahrlich nicht genug, Herr Doctor.

Helm.

Wer von uns beiden ist nun der Docent?

Hedwig.

Ein jeder ist's auf seine Art, Herr Doctor.

Anger.

Was so ein Titel in der Welt nicht thut,
Stets heißt's Herr Doctor, abermals Herr Doctor
Und immer wieder Doctor vorn und hinten.
Am Ende werd' ich selbst noch Doctor, Hedwig,
Nur aus Verzweiflung und aus Eifersucht.

Hedwig.

Da werd' ich Ihnen nicht im Wege sein,
Im Gegentheil, bloß freuen sollt' es mich.

Helm.

Sie wären selbst der Doctorhaube würdig!

2. Auftritt.

Die Vorigen. Pastor.

Pastor.

Gelehrt hier herzugehen scheint es mir.
Da kann man wohl auf seine alten Tage
Noch selbst was lernen; hab' mir Geist und Herz,
Wie ich mir schmeichle, frisch und jugendlich,
So viel als möglich, immerdar bewahrt.

Anger.

Erlauben Sie, Herr Pastor, daß ich Ihnen
Hier meinen besten Freund, Herrn Doctor Helm,
Vorstelle, welcher das Gymnasium,
Die Universität mit mir zugleich
Hat durchgemacht und jetzt mein Feriengast.

Pastor.

Das hast du recht gemacht, mein lieber Karl,
Daß du gekommen, aber besser noch,
Daß du allein nicht kamst. So hab' ich's gern.
's gleich ein Hörer mehr bei deiner Predigt! —
Sei'n Sie willkommen, lieber junger Mann!
Ich halte gern mich an die jüng're Welt.

Helm.

So wie ich gern mich an das reifre Alter,
Des Gegensatzes, der Besonnenheit
Und der Erfahrung wegen.

Pastor.

              Junger Mann,
Da thun Sie recht und bleiben Sie dabei.
Sie sind wohl auch der Theologie beflissen?

Helm.

Ich war's einmal, gerad zwei Jahre lang,
Bis ich dann umgesattelt und mich ganz
Der Lieblingsneigung, der Philosophie
Hab' zugewendet.

Pastor.

Ich bedaure Sie.
Sie kamen nur vom Pferde auf den Esel.
Die Pastorstellen sind schon schlecht genug,
Doch mit dem Zeuge, das Sie da betreiben,
Kann man getrost verhungern.

Hedwig.

Schöne Aussicht!
Papa, ich bitte dich, hör' damit auf,
Du machst dem jungen Mann ja gründlich Angst!

Helm.

Ihr Herr Papa hat, Fräulein, völlig recht.
Das hat mein Freund mir wohl an hundertmal,
Hab' ich mir selber tausendmal gesagt,
Und dennoch muß ich in mein Unglück rennen!

Anger.

Schon auf der Schule dacht' und grübelt' er
Fortwährend, das war seine schwache Seite.

Helm.

Von der ich glaubte, meine stärkste wär's!

Pastor.

Sie sind noch jung. Noch können Sie sich ändern,
Bevor's zu spät. Aufrichtig rath' ich's Ihnen.
In jetz'ger Zeit muß man vor allen Dingen
An das Verdienen denken. Ohne Geld
Gilt niemand etwas. Handel und Gewerbe,

Fabriken und Maschinen spielen jetzt
Die erste Rolle. Der Gelehrte selbst
Muß als Geschäftsmann, der sich auf die Welt
Versteht trotz einem, rechnen, speculiren;
Sonst bringt er's nie zu etwas, junger Mann.

Hedwig.

Wer so zuerst dich hörte, lieber Vater,
Der könnte leicht dich ganz und gar verkennen
Und denken, daß du nur an's Irdische
Dein Herz gehängt, obwohl es doch dein Amt,
Die Menschen auf den Himmel zu verweisen.
Du bist ja gar nicht so, als wie du scheinst.

Pastor.

So lang wir Menschen sind, hat auch der Leib,
Die Welt, die Erde ihre großen Rechte,
Die niemand ungestraft noch übersehn.
Frei soll der Mensch sein, aber bin ich das,
Wenn ich mir nicht einmal mein Brot verdiene?
Ist der Beamte, ist der Angestellte
Wohl wirklich frei, wenn er vermögenlos
Und ganz der Gnade seiner Obern ist
Anheimgegeben? Wenn er nicht im Stande,
Auch wenn er abgesetzt, durch Arbeit sich,
Die gut bezahlt wird, selber fortzuhelfen?
Von allen Philosophen hat bis jetzt
Der Amsterdamer Jud' Spinoza noch
Am besten mir gefallen — nicht als Denker,
Da hat der Mann wohl seine großen Schwächen —
Nein, weil er konnte Brillengläser schleifen
Und so sich seinen Unterhalt verdient.

Helm.

Zum Schleifer bin ich, leider Gott's, verdorben.
Zwar such' ich stets an mir herumzuschleifen,
Allein auch das mißlingt mir in der Regel;
Drum laß ich gerne mich von andern schleifen.
(Sich gegen den Pastor verneigend.)

Hedwig.

Sie halten sich für einen Edelstein,
Zum mindesten für einen Diamanten?!

Helm.

Ob ganzer, halber, Viertel=Edelstein
Und weiter 'runter, wenn Sie es belieben,
Durch Politur wird Glanz und Werth erhöht.

Pastor.

Vorläufig laßt uns heute Frieden schließen.
Dem ersten Angriff hab'n Sie Stand gehalten
Mit kaltem Blute, und das will was heißen.
Wir sprechen uns noch weiter, junger Mann.
Sei'n Sie von Herzen nochmals uns willkommen.
Des Amts Geschäfte rufen mich hinweg. (Ab.)

---

3. Auftritt.
Hedwig, Anger, Helm.

Hedwig.

Was müssen Sie von meinem Vater denken?
Kaum hat er Sie gesehn, ermahnt er Sie
Und predigt gleich auf Sie hinein, Herr Doctor!

Helm.

Wenn's weiter Nichts ist! O das macht mir Spaß!
Darüber machen Sie sich keine Schmerzen!
Von jeher hatt' ich offne Menschen gerne,
Die's sagen, wie sie's meinen. Nicht wahr, Karl?

Anger.

Mit gutem Gewissen kann ich das bestät'gen!
Auch mir ist Falschheit wohl das Häßlichste,
Was ich nur wüßte. Ewig glatte Stirne
Und glatte Zunge, ewig süßes Lächeln,
Beständ'ge Schmeichelei, beräuchernd Lob
Sind mir an jedem Menschen unausstehlich,
Sind mir zum Tod zuwider.

Hedwig.

Ja mir auch!
Allein es giebt doch wohl gewisse Grenzen,
Gewisse Formen, die zu überschreiten
Nie rathsam ist: Man muß doch Rücksicht nehmen!
Gäb' jeder Mensch sich ganz so, wie er wär',
Es wäre — glaub' ich — gar nicht auszuhalten.

Anger.

Das heißt dem Scheine sehr das Wort geredet!
Die nicht'gen Redensarten, die man uns
So häufig an den Hals wirft, dünken mir
Nur taube Nüsse, ja berauschend Gift,
Der Tod der Wahrheit wie der Lauterkeit.
Das sind die bösen Schlingen dieser Welt,
Die Alles nach dem Aeußern nur beurtheilt
Und wenig nach dem Kern fragt, wenn die Schale
Nur etwas glänzt und schmeichelnd sich empfiehlt!

Hedwig.

Mein lieber Karl, Sie nehmen's mir nicht übel,
Sie unterschätzen, mein' ich, doch die Form.
Wer kann gleich in die tiefste Tiefe blicken?
Ein nettes Aeußre führ' zuerst uns ein,
Bis nach und nach ein Innres sich entwickle,
Das jenem ebenbürtig oder gar
Noch weit gediegner und bedeutender. —
Was meinen Sie denn zu der ganzen Sache?
Auf einmal sind Sie ganz verstummt, Herr Doctor!

Helm.

Gern hör' ich, wenn sich kluge Leute streiten.

Hedwig.

Ich hab' es lieber, wird der Streit entschieden.

Helm.

Der Streit ist oftmals schöner als das Ende.
Dem Heldenkampf folgt oft ein fauler Friede,
Ein lahmer Waffenstillstand.

Hedwig.

    Leider wahr!
Doch daß sich diesmal nicht die ganze Sache
Im Sand verlaufe, mögen Sie entscheiden.
Ich unterwerfe gern mich Ihrem Ausspruch
Und denk', auch Karl wird es zufrieden sein.

Anger.

Ich kenne Helm. Um jemals einer Dame
Unrecht zu geben, ist er viel zu schlau
Und zu galant. Ich glaub', im Namen steckt's:
Es mahnt der Helm an edle Rittersitte!

Hedwig.

Die kann am Ende keinem Menschen schaden! —
Doch lassen Sie das einmal ganz bei Seite!
Erklären Sie sich über Form und Inhalt,
Gehalt und Aeußeres. Von Philosophie
Möcht' ich gern auch ein wenig profitiren.
Ich habe so noch keinen Begriff davon!

Helm.

Man nannte mich so eben ritterlich;
Auch nannten Sie den Namen jener Dame,
Um deren Gunst vor allen ich beflissen:
Da muß ich doch wohl eine Lanze brechen.
Philosophie ist zwar ein altes Fräulein —
Das schöne Griechenland war ihre Wiege —
Und doch so spröde, so entsetzlich spröde,
Daß jetzt die Mehrzahl ihrer früheren
Verehrer gänzlich von ihr abgesprungen.

Hedwig.

Begreiflich find' ich's. Warum ist sie so?
Doch lieber wär' mir's, kämen Sie zur Sache!

Helm.

Form oder Nicht=Form, das ist hier die Frage.
Ob's besser sei, gehaltig sein und scheinen
Als sein und nicht zu scheinen, oder scheinen,
Daß man es nicht sei, was das Sein doch ist!

Hedwig.

Ich bitte Sie. Da wirbelt's mir im Kopfe.
Das muß sehr tief sein — wenn's nicht Unsinn ist.

Helm.

So ist die Sprache vieler großen Denker.
Das war verhältnißmäßig noch sehr leicht.
Doch wollt' ich diesmal eine Galgenfrist
Und weiter Nichts damit gewinnen, Fräulein. —
Ich bin der Meinung, wenn harmonisch Beides,
Die Form dem Inhalt, der Gehalt der Form,
So ist's am besten. Aber soll das eine
Von Beiden fehlen, mag der Mann an Form
Es eher fehlen lassen als am Inhalt,
Das Weib noch eher am Gehalt als an
Der Form. Ein Blaustrumpf ist mir schrecklich
Und ebenso ein Geck von einem Manne,
Ein eitler, fader Mensch und Modenarr!

Hedwig.

Das läßt sich hören! Also solche Dinge
Nennt man Philosophie? Da möcht' ich wohl
Noch Manches hören —

Anger (durch's Fenster blickend).

Da kommt die Frau Pastor'n!
Und noch ein Fräulein. Ach, es ist Adele!

Hedwig.

Entschuld'gen Sie. Gleich bin ich wieder hier!

---

4. Auftritt.

Anger. Helm.

Anger.

Ich dächte, wir entfernten uns ein wenig.
Sobald der erste Sturm des Wiedersehens
Vorüber ist, stell' ich sogleich dich vor.
Indeß will ich dir ein'ge Bücher zeigen.

Helm.

Ich bin's zufrieden. Vater so wie Tochter
Sind prächt'ge Leute, wenn auch so die Mutter —

Anger.

Auch sie ist ebenbürtig, wie du bald,
Sehr bald wirst einsehn. Diese Base selbst,
Fast noch ein Backfisch, ist auch gar nicht übel. (Beide ab.)

---

5. Auftritt.

Pastorin und **Adele**. **Hedwig** (sie beide küssend).

Pastorin (sich ausruhend).

Wie freu' ich mich, daß wieder ich zu Hause!

Adele.

Und ich, daß ich auf der gemüthlichen
Landpfarre wieder zu Besuche bin,
Bei Tant' und Oheim und bei meiner Hedwig!

Hedwig.

Brav ist's Adele, daß du Wort gehalten!
Was wär' ein Erntefest auch ohne dich?

Adele.

Was wäre Hedwig ohne Schmeichelei?
Zwar glaubt man's nicht, und dennoch hört man's gern.
So eitel ist man! Wenigstens bin ich's.

Hedwig.

Ein wenig Eitelkeit steht dir ganz gut!
Ich möchte dich um Himmelswillen nicht
Ein Haar breit anders, als du einmal bist. —
Nun, giebt's nichts Neues in der Stadt, Adelchen?

Adele.

Die alte Stadt! Ich kümm're viel mich drum!
Und was auch vorkommt, mich berührt es kaum.
Ich habe stets das Land mir vorgezogen.

Hedwig.

Ich möchte sagen, daß die Stadt an sich
Mir lieber wäre, wenn nicht meine Eltern —

Pastorin.

Wo mag denn nur der Vater stecken, Hedwig?.

Hedwig.

Er ging in's Dorf — zu einer Kranken, glaub' ich.

Pastorin.
Und ist der Karl schon eingetroffen?

Hedwig.
Freilich,
Er kam heut früh, ganz munter und gesund.

Adele.
Das ist ja schön! Das war mein Lieblingslehrer.

Hedwig.
Und hat Besuch noch mitgebracht.

Pastorin.
Wen denn?

Hedwig.
Herrn Doctor Helm. Es ist ein netter Mensch.

Adele.
Die Aerzte konnt' ich nie recht leiden, Hedwig.

Hedwig.
Das ist kein Arzt, es ist ein Philosoph.

Pastorin (auspackend).
Sieh, Hedwig, was ich dir hier mitgebracht!

Hedwig.
O allerliebst, ich danke dir von Herzen!

Adele.
Ich hab's aussuchen helfen.

Hedwig.
Dank auch dir!
Ich muß nur gleich mich in dem Spiegel sehn!

3. Aufzug.

Pfarre.

1. Auftritt.

Paſtor. Paſtorin.

Paſtorin.

Wie gerne wär' ich mit den jungen Leuten
Hinausgegangen, über Berg und Felſen
Geklettert ſo wie ehemals. Allein
Das iſt ſeit lange ſchon mir zu beſchwerlich.
Es iſt ein Elend, wenn man älter wird!

Paſtor.

Wenn du nur nicht von Alter reden wollteſt!
Ich bin doch ziemlich zwanzig Jahre älter,
Doch dank' ich ſchön, wenn man mich in das alte
Regiſter werfen will. Nun vollends du!

Paſtorin.

Mag's Alterſchwäche, Nervenleiden ſein,
Nenn's wie du willſt, betrübend iſt es doch.
Du weißt, Mann, daß es meine Art nicht iſt,
Zu klagen oder bärmeln. Doch mitunter,
Wenn man ſich mit der Jugend ſo vergleicht —

Paſtor.

Das muß man nicht. Trübſinnige Gedanken
Muß man verbannen, wenn man irgend kann,
Allein das Beſte iſt, man läßt ſie gar nicht
Aufkommen erſt.

Pastorin.

Das ist wohl bald gesagt,
Allein gethan! Das ist die große Kunst.

Pastor.

Hör' einmal, Frau, was mir so durch den Kopf —
Wie's kam, ich weiß es selber nicht — gefahren.
Vielleicht ist's gut, daß wir nicht mit dabei
Und daß die jungen Leute — merke wohl! —
Ganz unter sich sind. Wenn vielleicht Adele
Und Helm bei der Gelegenheit einander
Sich näherten? Was meinst du, Frau, dazu?

Pastorin.

Mußt du denn immer solche Plänchen schmieden?
Daß du das niemals lassen kannst! Den Frauen
Wirft man stets vor, sie kuppelten so gern.
Bei uns ist grad das Gegentheil der Fall!

Pastor.

Das wär' ganz passend. Sie — nicht ohne Geld,
Er — nicht verwöhnt, ist ein solider Mensch.
Sie brauchte dann nicht ewig in Pension
Zu bleiben, wo's ihr so nicht sehr gefällt,
Er nicht fortwährend in die Kneipen gehn,
Was er — ich weiß — längst überdrüssig ist.

Pastorin.

Mach immer nur die Rechnung ohne Wirth!
Bau zu Luftschlösser, wenn dir's Freude macht.
Der Spaß ist billig.

Pastor.

Wetten wollt' ich gleich
Um meinen Priesterrock. Da wird was draus.

Eine Gebirgsgegend.

1. Auftritt.

Hedwig und Helm (einen steilen Felsenpfad herabklimmend).

Helm.
Verehrtes Fräulein, daß Sie nur nicht stürzen!
Wär' hier doch Ueberstürzung nicht am Platze!

Hedwig.
Auf's Stürzen war ich nie verstürzt.

Helm.
So scheint's,
Auf etwas Andres waren Sie's und sind's
Vielleicht noch jetzt.

Hedwig.
Was das für Schlüsse sind!
Trotz alles Denkens irrt ihr Euch doch auch,
Ihr Herren Philosophen, grad wie wir,
Wir andern einfach=schlichten Menschenkinder.

Helm.
Ist's billig wohl, daß man vom Arzt verlangt,
Er kranke nie?

Hedwig (ausgleitend).
Um Himmels Willen helft:
Ich bin verloren. Weh!

Helm (sie auffangend).
Beruhigt Euch!
Ihr seid geborgen.

Hedwig.
Ja, ich bin's durch Euch.

Helm.

Auch diese Blässe, find' ich, steht Euch gut.

Hedwig.

Ja, spottet nur!

Helm.

Schon seid Ihr wieder roth,
Aus Zorn vermutlich oder was Euch sonst
Bewegen mag. Selbst dieser läßt Euch schön.

Hedwig.

Abscheulich! (Für sich). Dieser ewig heitre Sinn,
Sein ew'ger Gleichmut bringt mich zur Verzweiflung!

Helm.

Was Ihr zuletzt gesprochen, hab' ich nicht
Vernommen ganz. Wofern es mich betrifft
Und sonst von Wichtigkeit, so wiederholt es.

Hedwig.

Seid froh, daß Ihr's nicht hörtet. Diesmal sei's
Euch noch geschenkt.

Helm.

Ein sonderbar Geschenk!
Freigebig seid Ihr, doch auf Eure Art.

Hedwig.

Anstatt mich zu bedauern, höhnt Ihr mich.

Helm.

Ihr sprecht so treffend, und vorüber ist,
So sollt' ich meinen, Fräulein, aller Schreck.

Hedwig.

Gottlob, daß wir nun endlich unten sind!

Helm (sie zu einer Bank führend).

Hier ist ein Plätzchen, wie für Euch geschaffen!
Hier ruhet aus und sammelt Eure Kräfte!

Hedwig.

Ein wenig sei's, bald bin ich neugestärkt.
(Setzt sich und schließt die Augen.)

Helm (vortretend).

O heilige Natur, o ew'ger Geist,
Urwesen du, das über beiden thront,
Wohl hat noch niemals Eurer Werke Pracht
Und ihre Hoheit tiefer mich bewegt! —
Doch eurer Werke höchstes ist der Mensch,
Die Welt im Kleinen, Gottes Ebenbild.
Habt wirklich ihr mir dieses Weib bestimmt,
Gebt mir ein Zeichen, daß ich's sicher weiß —
Allein verzeiht mir, wenn ich frevelte!

Hedwig (sich wieder erhebend).

Ich muß nur einmal sehen, wo er bleibt!
(Schleicht sich an ihn heran und hält ihm die Augen zu)
(Mit verstellter Stimme).
Wer hält Euch jetzt die Augen zu?

Helm (für sich).

O Gott,
Wär' das das Zeichen, das ich von dir bat?

Hedwig (noch mit verstellter Stimme).

Seht, ob Ihr's rathet.

Helm (für sich).

Heil'ge Vorsehung,
Du hast entschieden, wenn nicht Alles trügt!
(Laut) Ihr seid es, Fräulein, trotz dem tiefen Baß.
Ich glaub', ich hört' Euch auch aus Tausenden
Gar leicht heraus, so sehr Ihr Euch verstellt.

Hedwig (ihn loslassend).

Mir scheint, Ihr wart versunken in Gedanken.
Wer weiß, was Ihr gedacht habt! Sicherlich
Hab' ich gestört. Nicht wahr, mein bester Herr?

Helm.

Was soll ich's leugnen? Denken ist das Handwerk
Von unser. einem.

Hedwig.

„Kopfwerk" meinten Sie.
Sie denken wohl, wir Frauen denken nicht?
Da denkt Ihr falsch. Wir haben viel zu denken,
Vorzüglich ich, ich denke schrecklich viel,
Zuviel vielleicht, mag sein auch: Dummes Zeug.
Drum schilt Papa: stets sei ich in Gedanken! —
In der Beziehung passen wir zusammen.

Helm.

Sie scherzen, Fräulein! Was so lebhaft Euch
Beschäft'gen könnte, möcht' ich in der That,
So wenig Neugier sonst ist meine Art,
Wahrhaftig wissen.

Hedwig.

O Ihr lacht mich aus,
Wenn ich's Euch sagte.

Helm.

Sie beleid'gen mich!

Hedwig.

Wir sind allein, und niemand höret uns.

Helm (für sich).

Was wird sie sagen? Hörbar klopft mein Herz.

Hedwig.

Ich frage Sie — wen sollt' ich sonst wohl fragen? —
Ich frage jetzt — wann wär' gelegnere Zeit? —
Ich frage, was so lang mich schon gepeinigt —
Sie lachen aber sicher, bester Herr! —
O sagen Sie mir: Giebt es einen Teufel?

Helm.

Er ward noch nicht mir vorgestellt — bis jetzt;
Vielleicht, daß später ich die Ehre hab' —

Hedwig.

So leichten Kaufes kommen Sie nicht weg.
Sie müssen's sagen, wie es wirklich ist.
Zum mind'sten will ich Ihre Ansicht hören!

Helm.

Wenn's arme Teufel giebt, wovon ich selbst
Ein Musterbeispiel — Ist der Schluß nicht zwingend? —
Giebt's Teufel überhaupt, und, giebt es Teufel,
So muß es wohl auch einen Teufel geben.

Hedwig.

Sie wollen mir entschlüpfen, wie ein Aal,
Gewandt im Plänkeln und im Wortgefecht.
Ich bitt' inständig, lassen Sie die Possen;
Denn ich will Wahrheit hören, reine Wahrheit!

Helm.

Die reine Wahrheit ist das reine Licht.
Wer, der da sterblich, könnte das ertragen?
Wir sind zufrieden — und wir können's sein —
Wenn lieblich=vielfach es gebrochen nur
Im schönen lebenvollen Farbenspiel
Vor unsres Geistes schauend Auge tritt.

Hedwig.

Auch ich bin mit dem Farbenspiel zufrieden,
Doch dieses kann ich Ihnen nicht erlassen.

Helm.

„Die Welt ist schlecht!" — Wer hätte das nicht schon
Viel hundertmal gehört und selbst gesagt? —
„Die Welt ist schlecht, undankbar, voller Trug
Und Hinterlist, abscheulich und gemein,
Habsüchtig, gottlos, frech, verderbt und falsch."
Und dennoch soll man an die Menschheit glauben,
An die Ideen und an das Ideale!
Und muß es, kann nicht anders — Ist's nicht so? —
Welch tiefer ungelöster Widerspruch!

Hedwig.

Ihr könnt ihn lösen, und Ihr werdet es.

Helm.

Wie? Wenn nun diese Welt und diese Menschheit
An sich, in Wahrheit und im tiefsten Grunde
Gar nicht so schlecht und so verdorben wär',
Wenn eine fremde böse Macht vielleicht
Zur Zeit sie noch umschlungen hielt, wie dann? —
Wär' dann die Welt nicht unsres Mitleid's werth?
Der Liebe, der Erbarmung statt des Hasses
Und der Verachtung? Leuchtet das wohl ein?

Hedwig.

Vollkommen denk' ich. Aber weiter, weiter!

Helm.

Was nun dem Urbild von der Welt und Menschheit
Im jetz'gen Lebensstande dieser Welt
Entgegen, uns mißfällt, mißfallen muß,
Das ballen wir in einen Knäul zusammen,
Und nennen's Satan, Teufel, Lucifer,
Und rein wie Schnee verklärt sich uns die Menschheit.

Hedwig.

Sie sind mein Mann.

Helm (für sich).

O wenn ich's werden könnte!

Hedwig.

Das heiß ich gut gesprochen, nein: vortrefflich!
Von dieser Seite sah ich's nie. Ich will,
Ich muß dem weiter nachgehn. Aber jetzt —
Ich höre Stimmen — Karl, Adele sind's! —
Wir wollen gehn. Wir stören sie vielleicht.
Wär' das nicht unverzeihlich?

Helm.

Freilich wohl!
Gestört zu werden ist unangenehm. (Beide ab.)

---

2. Auftritt.

Adele und Anger (denselben Weg herabklimmend).

Adele.

Wie glücklich preis' ich Sie, verehrter Lehrer —
Sie waren's mir und sind's noch jetzt und immer —
Daß Sie die Sprüche, die wir oft so schlecht
Gelernt und wie verstanden! Diese Sprüche
Im Urtext lesen, ganz verstehen können,
Um sich und Andre köstlich zu erbauen!

Anger.

Sie denken sich das doch wohl zu idyllisch
Und gar zu schön, Adele!

Adele.

Meinen Sie?
Wie oder wollten Sie mich bloß beruh'gen,
Weil ich's nicht kann, ein dumm, unwissend Kind?
Zu gütig sind Sie. Nein, ich kann es mir
Zu schön nicht denken, selber aus der Quelle
Der Seligkeit, des Heils, der Wahrheit schöpfen!

Anger.

Wohl kenn' ich Ihren schönen frommen Sinn.
Erklärlich scheint mir Ihre Schwärmerei
Und auch im Allgemeinen ungefährlich.

Adele.

Doch Schwärmerei? Erklären Sie sich näher!
Noch einmal bin ich Ihre Schülerin,
Und Sie mein Lehrer, mein verehrter Lehrer!
Auf Augenblicke kehre sie denn wieder,
Die alte schöne Zeit. O möchten Sie
Wie sonst mich mit dem trauten „Du" begrüßen!

Anger.

Das ist vorbei. Wie könnt' ich mir's erlauben?
Ja, ja, die Zeiten ändern sich, mein Fräulein! —
Sie wünschen wirklich, daß ich Schule halte,
Hier hart am Abgrund, auf dem holprigen
Moorwege? Fräulein, ist das auch Ihr Ernst?

Adele.

Herr Candidat, Sie können daran zweifeln?
Das schmerzt mich, das verletzt mich: ich gesteh' es.
Zu lernen sucht' ich stets und aller Orten,
Vorzüglich was mir hier mein ew'ges Heil,
Den Frieden meiner Seele all so nah
Berührt, zum Mind'sten scheint mir zu berühren.
Wär' ich ein Mann, das hab ich stets gedacht,
Hab' mir's im Stillen hundertmal gelobt,

Müßt' ich studiren und Theologie,
Ich müßt' ein Lehrer werden so wie Sie,
Herr Candidat, und später — welch' Entzücken! —
Ich müßte pred'gen und ein Pastor werden!

Anger.

Wie schade, Fräulein, daß das so nicht angeht!
Und doch wie gut! Sie wären sicherlich
Ein tücht'ger Nebenbuhler mir geworden,
Vor dem ich alle Segel streichen müssen,
Der mich verdunkelt, gänzlich überstrahlt,
Mich todtgemacht. Das hätten Sie, Adele!

Adele.

Wüßt' ich, womit ich diesen Spott verdient!
Ja selbst die Wissenschaft, der Sie sich weihten,
Das hohe Lebensziel, das Sie sich steckten,
Den eigenen Beruf verspotten Sie.
O Himmel, nimmer hätt' ich das vermuthet,
Herr Candidat des Predigtamts, in Ihnen!

Anger.

Mein werthes Fräulein, sei'n Sie unbesorgt!
Jetzt spür' ich sichern Boden unter'n Füßen,
Gleich fühl' ich wieder mich zu jeder Auskunft,
Die Sie nur wollen, aufgelegt, Adele!
Beim Klettern aber und beim 'runtersteigen
Wird mir, wie vielen, Denk= und Reden schwer.
Der eb'ne Weg, er glättet mir die Runzeln
Und giebt mir meine gute Laune wieder!

Adele.

Ich hätte nie geglaubt, daß Kleinigkeiten
Wie diese da auf einen Mann wie Sie,
Wie Sie doch sind, auch Einfluß üben können!
Ein Theolog, sei's Lehrer, Geistlicher,
Schien mir ein Wesen höhrer Art und Stufe,
Ein Bot' und Mittler zwischen Erd' und Himmel!

Anger.

Ich danke Gott, daß ich zu eb'ner Erde
Und nicht mehr schweb' in jenen Schwindelhö'hn.
Leicht schwindelt mir, so sehr ich feind dem Schwindel.

Adele.

Verzeihn Sie, wenn ich einmal offen rede!
Sie kommen mir gar sehr verändert vor,
Fast möcht' ich sagen: sehr viel weltlicher!
Wir Mädchen hatten in der Phantasie
Von Ihnen uns ein ander Bild entworfen —

Anger.

Ein Abbild, dem das Urbild nicht gewachsen,
Ein glänzender Komet, der kaum ein Mond,
Ein Pfau, der sich als Spatz nun offenbart,
Mit einem Wort: ein wunderlicher Heil'ger!

Adele.

Aus Ihrem eignen Munde das zu hören!
In einem Athem und mit so viel Laune!
Sie sind so gut und doch — so sonderbar!

Anger.

Und sind wir Theologen nicht auch Menschen?
Mit Schwächen, Fehlern wie die andern alle,
Mit Leidenschaften, Lüsten und Begierden,
Irrthümern, Standesdünkel und so weiter?
Macht's wohl uns besser oder frömmer gar,
Wenn wir auch wissen, daß das goldne Kalb,
Um das getanzt die Kinder Israel,
Kein Kalb in Wahrheit, nein, ein kleiner Ochse
Gewesen, wissen, wie Herodias
Getanzt und wie gerochen Esau's Linsen? —

O glauben Sie mir, Güte, Frömmigkeit
Ist unabhängig von gelehrtem Wissen,
Das eher stören noch als fördern kann!
Bewahren Sie sich Ihren Jugendglauben,
Verzichten Sie auf leeren Wissenskram,
Und Ihnen bleibt so mancher Kampf erspart.
Ein gläubig Herz, befriedigt in sich selbst,
Ein fromm Gemüt, mit seinem Gott in Frieden,
Gilt mehr als alles Wissen dieser Welt
Und theologische Gelehrsamkeit!

Adele.

Mich dünkt, ich höre meinen Lehrer wieder!
Sie sind derselbe wandellos geblieben,
Nur ich versetzt in eine andre Klasse,
Um einen höhern Cursus zu beginnen.
Darf ich auch jetzt um Ihre Leitung bitten?

Anger.

Ich werde Sie geleiten — nach der Pfarre.
Sie scheinen müd'. Hier ist mein Arm, Adele!
So geht es leichter durch das Leben hin:
Der höhre Cursus aber ist das Leben!

4. Aufzug.

Pfarre.

1. Auftritt.

Adele (allein).

Er steht vielleicht mir nicht mehr ganz so hoch
Und doch viel näher, so unendlich nahe!
Ein prächt'ger Mensch ist dieser Candidat!
Was er nicht weiß, nicht Alles hat gelernt!

Und gar nicht eingebildet auf sein Wissen!
So menschenfreundlich und so liebenswürdig!
Den Heil'genschein, in dem ich ihn erblickte,
Den Nimbus, der ihn wunderbar umgab,
Er selbst hat eigenhändig ihn zerrissen!
Anstatt des Heil'gen, wie ich ihn geträumt,
Hat er sich als ein ganzer Mensch, der doch
Nicht minder fromm und gut ist, offenbart!
Gesunken wär er, wie? in meiner Achtung?
Gesunken, nein! Gestiegen ist er nur!

---

2. Auftritt.

Adele. Hedwig (zum Ausgehen fertig).

Hedwig.

Ich geh' in's Dorf hinunter, mein Adelchen!
Die beiden Herrn auf heute einzuladen.
Die Eltern hatten's ganz und gar vergessen;
Ich selber hatte auch nicht dran gedacht,
Bis es der Mutter heute früh auf einmal
Wie Blei auf das Gewissen fiel.
Ich gehe jetzt. Hast du Nichts zu bestellen?

Adele.

Wenn du ein halbes Stündchen warten wolltest,
Bis ich mich angezogen, würd' ich dich
Von Herzen gern begleiten, meine Hedwig.

Hedwig.

Das wär' mir eine schöne Trödelei!
So sind die Damen aus der Stadt verwöhnt!
Frühzeitig auf und zeitig in das Nest!
So ist's die Regel für die Bauermädchen.

Adele.

Zu denen du dich doch nicht rechnen willst?

Hedwig.

Warum denn nicht? Was könnt' es mir verschlagen?
Landpomeranzen nennt man uns gewöhnlich.
Klingt dir das etwa schmeichelhafter, Bäschen?

Adele.

Daß ich nicht wüßte! Also willst du mich
Entschieden nicht mit haben?

Hedwig.

     Also wolltest
Du gar zu gerne mit? Nun grade nicht!
Indeß, beruh'ge dich. Dein Candidat
Ißt heute Mittag ja bei uns, Adele.

Adele.

Und du läufst deinem Doctor gar noch nach!

Hedwig.

Wenn du nicht so ein unverständig Kind
Und mich die Zeit nicht drängte, wollt' ich dir
Schon eine Antwort geben, die geharnischt.
Wart' nur. Es ist dir nicht geschenkt, Adele.
Werd' auch den Candidaten recht schön grüßen. (Ab).

Adele.

Verrathen bin ich, denn ich bin durchschaut!
Wie sie nur etwas merken konnte! — Freilich
Ging ihr's nicht besser, denn ich merkt' es gleich.
Spürnasen haben wir für solche Dinge,
Wir jungen Mädchen, daß uns Nichts entgeht!

Vor einem Bauerhause.

1. Auftritt.

Helm allein (sitzend).

Wohlthuend=müde bin ich noch von der
Partie von gestern. Das war eine Wonne!
Es ist ein kluges Mädchen, diese Hedwig,
Und liebenswürdig. Welch ein reger Geist!
Das Tiefste wie das Höchste zieht sie an.
Und doch so einfach=weiblich, so natürlich!
Nichts Ueberspanntes, Ueberbildetes!

(Steht auf).

Das wär' ein Weib! An jeder Forschung nähme
Den wärmsten Antheil ihre große Seele.
Ach! unaussprechlich=reizend müßt' es sein,
Von allem Großen, Wahren, Heiligen
Den Wiederhall in ihrer edlen Brust
Aus ihrem holden Munde zu vernehmen!
Mit ihr vereint, vereint zu sein für immer,
O höchstes Urbild meiner Phantasie,
O würdig Endziel meines ganzen Strebens,
Bist wirklich mehr du als ein bloßer Traum?

---

2. Auftritt.

Helm. Anger.

Helm.

Bist du mit deiner Predigt nun zu Ende?

Anger.

Ich bin's, und ich kann sagen, sie gefällt mir.
Es kommt auch viel auf diese Predigt an.

Helm.

Wie so? Wie meinst du das?

Anger.

Ich will dir's sagen.
Ich hab' dir viel zu sagen, alter Freund! —
Geboren bin ich und erzogen hier.
Wenn's heißt, ich predige, strömt alles zu,
Und etwas Neid empfindet der Herr Pastor
Fast jedesmal. Je besser meine Predigt,
Je mehr zu tadeln und zu mäkeln hat er.

Helm.

Versuch's einmal mit einer schlechten Rede,
Die allen Denkgesetzen decklich Hohn spricht,
Vielleicht gefällt die deinem Pflegevater!

Anger.

Ich hoff' ihn bald mir näher zu verbinden.
Wenn ihm die Ernteprebigt nur halbwege
Gefällt, halt' ich um seine Tochter an!
Seit frühster Jugend kenn' ich meine Hedwig.
Ich liebe sie, solang ich denken kann,
Und länger wohl! Zu leben ohne sie,
Wär' mir entsetzlich, fürchterlich, unmöglich!
Nicht wahr, begreiflich findest du dies Wort?
Ist's nicht ein herrlich Mädchen, meine Hedwig?

Helm.

Ich habe schön're Mädchen wohl gesehn,
Doch keine, die sich ihr vergleichen darf
An Witz und Geist und schöner Innigkeit
Und holder Anmut, echtem Weibessinn!

Anger.

Wie freut's mich, daß in dir ein fühlend Herz,
Das innig Theil nimmt, ich gefunden hab'.
Die Liebe streitet mit der Freundschaft nicht.

O nein, sie fördern und verklären sich.
Erst durch die Liebe geht der wahre Sinn
Für zarte Freundschaft herrlich in uns auf!

Helm.

O möchten beide nie im Kampfe sein!
Doch brennt ein Feuer leicht das andre nieder.

Anger.

Das glaube nicht. — Stets hab' ich sie geliebt
Und bin doch immer dir ein treuer Freund,
Wie freudig du's bezeugen wirst, gewesen.
Auch was ich sonst geleistet und gestrebt,
Verdank' ich ihr. O freue dich mit mir!
Bald hoff' ich sie als Bräut'gam zu umarmen.
Die Liebe wird mir ihren Schwung verleihn,
Begeistrung hauchen auf die schwache Lippe,
Daß ich zum Herzen spreche wie noch nie,
Und meines Sieges bin ich schon gewiß.
Nicht freud'ger kann der Held zur Schlacht sich rüsten. (Ab.)

---

3. Auftritt.

Helm (allein).

Du aber tritt den Rückzug schleunig an!
(Er verfällt in Sinnen.)
Es ist vorbei. Das Schattenspiel ist aus!
Nur überlei bin ich und werde gehn.
Hätt' ich das ahnen können! Hedwig, Hedwig!
Hätt' ich dich nie gesehn, mir wäre besser! —
O Freund, du hast das ältre heil'ge Recht!
Verrath und Frevel wär' es, dich zu stören!
Sei mit ihr glücklich. Du bist ihrer würdig.
Ich kann sie eher noch verschmerzen. Wie?

Verschmerzen endlich wohl, vergessen nie!
Ich packe schnell zusammen meine Sachen
Und will mich hurtig aus dem Staube machen.
Ein Blättchen nur entschuldige mein Gehn.
Ich werde nie sie, niemals wiedersehn. (Ab.)

---

4. Auftritt.

Hedwig (kommt).

Mir däucht, ich hab' ihn eben noch gesehn.
Weg ist er, fort! Doch wird er wiederkommen.
Ich will ihn rufen! — Nein, unweiblich wär's. —
Doch hab' ich einen Auftrag von den Eltern,
An ihn und Karl. — Unschicklich bleibt es immer! —
Mir ist, als käme jemand. 's kommt von drinnen.
Das ist sein Tritt. Ich kenne seinen Gang.
Karl ist es nicht. Er muß es selber sein.
Ich bin — ich weiß nicht — wenn er so mich sähe?
Verbergen will ich mich, bis ich gesammelt! (Sie versteckt sich.)

---

5. Auftritt.

Helm (reisefertig), dann Hedwig.

Helm.

So schleich davon ich wie ein Uebelthäter!
Fast schäm' ich mich. Allein, was soll ich thun?
Ich kann nicht anders handeln. — Guter Karl,
Du predigst drinnen so begeistrungsvoll,
An Hedwig denkend und von ihr begeistert,
Indeß dein Freund dich heimlich, schnöd' verläßt,
Der an die Gleiche denkt mit gleicher Glut,
Der dir das Feld allein nun überläßt.
O holdes Wesen, unvergleichlich Weib,
O theures Mädchen, rasend lieb' ich dich!
Und doch, es sei. — Entsagen muß ich dir,
Ich will's und gehe. Hedwig, lebe wohl! (Will gehen.)

Hedwig (für sich).

Es ist sein Ernst gewesen, ja, er geht!
(Vortretend, laut.)
Herr Doctor, bleiben Sie. Wohin so eilig?

Helm (für sich).

Sie muß mir selbst noch in die Quere kommen!
Unsel'ger Abschied, wärst du mir erspart!

Hedwig.

Sie wollten wohl spaziren gehn, Herr Doctor?

Helm.

Ganz recht, mein Fräulein.

Hedwig (mit dem Finger drohend).

Sie belügen mich!
Sie wollten ganz fort, fort mit Sack und Pack.

Helm.

Ich wollte nicht bloß, nein, ich will noch jetzt.
Vielmehr, ich will nicht, aber muß.

Hedwig.

Wie so?
Was treibt Sie weg? — Wenn's kein Geheimniß ist!

Helm.

O forschen Sie nicht weiter. Wicht'ge Dinge,
Geschäfte mancherlei sind's, die mich fordern,
Und unverzüglich. Wundern Sie sich nicht
Ob meiner Kürze, Kälte, wenn vielleicht
Ich nicht wie gestern, nicht wie immer bin.
Ich hab' den Kopf zu voll — (für sich) und auch das Herz!

Hedwig.

Da sollten Sie sich hier zerstreuen lassen!

Helm.

Sie haben Recht, vollkommen Recht. Indeß —
Ich möchte wohl — jedoch — erlassen Sie mir,
Ich bitte dringend, alle weitern Gründe!

Hedwig.

Die Eltern laden Sie zum Mittag ein,
Zum Erntefest. Da dürfen Sie nicht fehlen!
Ich selbst, ich bitte Sie.

Helm.

Es thut mir leid.
Abschläglich muß ich Sie bescheiden, Fräulein!

Hedwig.

Noch eins; Sie sind mir unumgänglich nöthig
Zu einem Werke, das ich vorhab'. Dringend
Bedarf ich Ihrer grade.

Helm.

Sonderbar!
Sie wollen Bücher schreiben? Für die Jugend,
Für Mädchen etwa? Oder scherzen Sie?

Hedwig.

Ich scherze nicht, will auch nicht Bücher schreiben,
Es ist ein Werk von völlig andrer Art,
Doch minder nicht verdienstlich, scheint es mir.

Helm.

In Räthseln sprecht Ihr, holde Räthselmaid!
Sucht einen Andern, Klügern, Würdigern!

Hedwig.

Ich wüßte keinen.

Helm.

Fragt nur Euern Karl!

Hedwig.

Der ist ja selbst betheiligt, wenn er's auch
Wohl noch nicht weiß, ja schwerlich auch nur ahnt.

Helm.

Bin ich denn heute ganz und gar verwirrt?
Die Kunst versteht Ihr, Fräulein, meisterhaft,
Der Männer Herzen, Köpfe, wie Gedanken
Ganz gründlich, unauflöslich zu verwirren!

Hedwig.

Ihr könnt' ein Gleiches mit den Mädchenherzen.
Doch könnt' Ihr's besser, schneller, gründlicher!
Absichtlich übt Ihr Euch in dieser Kunst,
Les't Werke drüber nach — wer weiß wie stark! —
Und spottend zieht als Sieger Ihr davon,
Sobald Ihr Euer Meisterstück gemacht.

Helm.

Ein wenig wünscht' ich mir von jener Kunst,
Die Ihr mir beilegt, freilich ohne Grund.

Hedwig.

Ich habe keineswegs bloß Sie gemeint —
Ei, ei! so eitel! — Auch nicht Sie vorzüglich.
An Jemand Anders dacht' ich, meinen Karl!

Helm.

Der kann das Kunststück jedenfalls vortrefflich,
Und wer's erfahren hat — Sie selber sind's!

Hedwig.

Wo wollen Sie hinaus, o Menschenkenner?
Wozu denn nutzt Euch Eure Seelenlehre?
Ihr tappt im Dunkeln, in der Finsterniß,
Wo Andre klar mit ungeschulten Augen
Frei um sich blicken. Geht mit Eurer Weisheit!

Helm.
Ich werde gehn; zu lang' verweilt' ich schon!

Hedwig.
Nun gleich so übelnehmisch! Bleiben Sie!
Ich will es ohne Umschweif denn erzählen! —
Adele schläft mit mir in einer Kammer.
Die sonst so friedlich immerdar geschlafen,
Sie träumte, schwärmte, sprach in dieser Nacht
Allein von ihm.

Helm.
O sagen Sie, von wem?

Hedwig.
Von meinem Karl.

Helm (für sich).
Ich ahne, Eifersucht,
Die böse Schlange, quält nun ihre Brust.

Hedwig.
Das arme Mädchen dauert mich unendlich.
Was einmal sie mit Leidenschaft ergriffen,
Umfaßt sie ganz mit wandelloser Treue
Und — wenn es sein kann — für die Ewigkeit.
Nun bitt' ich Sie von Herzen —

Helm.
Was soll ich
Bei diesem ganzen Handel?

Hedwig.
Zu ergründen,
Wie Karl gesinnt ist gegen sie; vielleicht
Daß Ihr ein Wörtchen hinwerft, wie aus Zufall,
Ob er sie gern hat, lieber sie wohl gar
Gewinnen könnt' und möchte, schließlich nicht
Ganz abgeneigt sei, ihr die Hand zu bieten.

Helm.

Großmüt'ge Seele! Sie, Sie lieben ihn
Und könnten sich entschließen, diesen Schatz,
Nur um die Base leiden nicht zu sehn,
Aus Edelmut ihr ganz zu überlassen?

Hedwig.

Wer hat Euch denn gesagt, daß ich ihn liebe?

Helm.

Gestehn Sie's nur: ich weiß, Sie lieben ihn.

Hedwig.

Ich lieb' ihn, ja, wie man den Bruder liebt.
Geschwister hab' ich nicht. Er war mir Alles.
Geschwisterneigung, keine Leidenschaft,
Vertraute Freundschaft, keine Schwärmerei,
Des langen Umgangs liebgeword'nes Band,
Das kettet uns zusammen, Liebe nicht,
Die unsrer Herzen tiefsten Grund erregt
Und in ein Meer versenkt von Seligkeit!
Adele liebt ihn so, das gute Kind!
Gewinnt sie ihn, nun — so verlier' ich Nichts;
Denn einen Bruder kann man nicht verlieren!

Helm.

Und jene heiße Liebe, die Ihr selbst
So schön beschriebt, Ihr kennt sie also auch?
So werdet ganz verstehn Ihr, wenn ich sage,
Wenn ich Euch schwöre beim lebendigen
Allmächt'gen Gott, der selbst die Liebe ist,
Daß ich Euch liebe mit der reinsten Glut!
Sprecht, darf ich auch auf Gegenliebe hoffen?

Hedwig.

Was schon vorhanden, braucht man nicht zu hoffen!
(Sie umarmen und küssen sich.)

4

Nur eins sei die Bedingung, daß Ihr mir
Nach Kräften beisteht in Adelens Sache!

Helm.

Ihr könnt' Euch drauf verlassen, Theuerste!
Nur vor der Predigt will ich Karl nicht stören.
Warum? Das will ich später Euch erklären:
Zu Wasser wär' sonst die Begeisterung!

5. Aufzug.

Pfarre.

1. Auftritt.

Pastor (aus der Kirche kommend).

Es wundert mich, daß er sie weggeschnappt!
Doch eben dieses scheint für ihn zu sprechen. —
Das Mädchen will sonst keinen außer ihm.
Wie konnt' ich's weigern meinem einz'gen Kinde? —
Es ist ein armer Schlucker, aber Geist,
Geist hat er, das ist ihm nicht abzusprechen!
Und eine Frische, die gefällt, gewinnt.
So ist um seine Zukunft mir nicht bange.
Begeistern wird er seine Hörerschaft,
Ein Liebling werden akadem'scher Jugend,
Wird mächtig wirken und sich viel verdienen
Und einen Namen machen obendrein! —
Doch da kommt Karl, der weiß noch Nichts davon.

2. Auftritt.
Pastor. Anger.

Pastor.

Von Herzen kann ich Glück dir wünschen, Karl,
Zu deiner Ernteprebigt, hast noch nie
Mir so gefallen! Ohne Schmeichelei!

Anger.

Sie machen stolz mich, theurer Pflegevater,
Und kühn zugleich. Gekommen scheint mir jetzt
Der Augenblick — so lang ersehnt —, wo ich
Mir eine schwere Last vom Herzen wälze.

Pastor.

Nur immer zu! Gewißheit, glaube mir,
Ist immer besser als des Zweifels Qual.

Anger.

Ob Höllenqual, ob Himmelsseligkeit
Mein Loos in Zukunft, frisch entschieden sei's!
O würd'ger Vater, gönnt mir diesen Namen —
Ihr war't ein Vater mir zu jeder Zeit,
Ich Euer Sohn, der Euch voll Inbrunst liebt,
O könnt' ich auch in einem höhren Sinn
Euch sein und heißen Euer lieber Sohn!
O theurer Vater, gebt mir Eure Tochter!
Und dankbar bin ich Euch in Ewigkeit!

Pastor.

Das überrascht mich höchlich, muß ich sagen!
An diesen Fall hab' ich noch nicht gedacht.
Indeß —

Anger.

Die bloße Neuheit schreck' Euch nicht zurück!
Vertraut allmählich werd' Euch der Gedanke!
Recht bald vielleicht gewöhnt Ihr Euch daran!

Pastor.

Hast du mit meiner Tochter schon gesprochen,
Ob sie dich liebt und dich zum Manne möchte,
Die schwesterlich dir immer zugethan?

Anger.

Ich hab's noch nicht. Unnöthig schien es mir.
Daß sie mich liebt, ist, denk' ich, sonder Zweifel.
Nicht stören wollt' ich ihres Herzens Ruh',
Wenn Ihr's nicht wolltet, Vater. Darum schwieg ich.

Pastor.

Mit ihr zu reden, däucht' das Erste mir,
Was jetzt zu thun ist, und das Nöthigste.
Ich will dir nicht im Weg sein, lieber Karl!

Anger.

Habt tausend Dank! Erhört ist meine Bitte!

Pastor.

Mir sollt' es leid sein, wenn verfrüht dein Jubel.
Es giebt so mancherlei noch zu bedenken,
Zu überlegen, in Betracht zu ziehn —
Da kommt ja Hedwig. Rede denn mit ihr.
Macht ihr die Sache mit einander ab.
Ich will Nichts hindern, Nichts beschleunigen.

---

3. Auftritt.
Anger. Hedwig.

Hedwig.

Zuförderst meinen Glückwunsch zu der Predigt,
Der warmen, schönen, wahrhaft innigen!

Anger.

Wie freut mich Euer Antheil, liebe Hedwig! —
Das Wort „zuvörderst" deutet auf noch mehr;
Auch ich hab' Ihnen dann ein Wort zu sagen.

Hedwig.

Vielleicht macht Eins das Andre überflüssig. —
Sie sollen's selbst aus meinem Munde hören,
Und nicht zuerst aus zweiter, dritter Hand.
Ich bin entschlossen, Ihrem besten Freunde,
Den Sie mir stets gerühmt, Herrn Doctor Helm,
Am Traualtare meine Hand zu reichen.

Auger.

Hätt' ich ihn nie gerühmt, ich Unglückfel'ger!
Wo find' ich Treue noch auf dieser Erde?
Ein leerer Schall, ein thöricht=sinnlos Wort
Ist Treue! Teufel hören es und kichern!
Verrath ist Freundschaft, Falschheit ist die Liebe,
Und alle Tugend schnöder Höllentrug! (Ab.)

---

4. Auftritt.

Hedwig allein, dann Helm.

Hedwig.

O armer Karl, warum doch mußtest du
Dich also täuschen über mich und dich?
Gewiß, es thut mir in der Seele weh.
Dein schönes Traumgebilde mußte rasch
In Nichts zerfließen. Nur im Idealen
Hast du gelebt, nicht in der Wirklichkeit!
Bei Gott, ich bin an keiner Täuschung schuld
Und schenke dir mein ganzes, volles Mitleid!

Helm (hereinstürzend).

Nicht wahr, er weiß es? Er muß Alles wissen!
Verzweifelnd, todtenbleich stürzt' er heraus.
Ich habe dich, doch ach! um solchen Preis!
Darf denn kein Glück hier ganz vollkommen sein?

Hedwig.

Beruh'ge dich und glaube sicherlich,
Noch werden wir ihn zu besänft'gen wissen.
Die inn're Stimme sagt' es deutlich mir,
Wenn auch das „Wie" noch völlig räthselhaft.

Helm.

O Zauberin, was wäre dir unmöglich?
Ich glaube dir und deinen Ahnungen.

Pfarrgarten.
1. Auftritt.

Anger (allein).

Die Blüte meines Lebens ist dahin.
Herabgestürzt bin ich aus meinem Himmel!
Wenn sie mir trog, wem soll ich sonst wohl glauben?
Sie kann mir's selbst mit kaltem Blute sagen,
Daß mich der Nebenbuhler ausgestochen!
Mir selbst in's Angesicht, o welche Keckheit!
Das nennt man heut' zu Tage Weiblichkeit! —
O nun begreif' ich's, daß es Klöster giebt!
Ich wär' im Stande, selber Mönch zu werden!
Ich wäre jetzt zu jeder Thorheit reif,
Zu jedem Helden=, jedem Bubenstück! —
Ha, diese Laube, Zeuge meines Glückes,
Der höchsten Wonne, deren Menschen fähig,
Wie oft hast du uns beide vor dem Strahl
Der Mittagssonne treu und gern beschützt!
Auch du hast sicher dich in ihr getäuscht! —
Wer kann in eines Weibes Herzen lesen?
Und sprach der Himmel nicht aus ihrem Auge? —
Könnt' ich sie hassen! Wenn es mir gelänge!
Ich wäre glücklich — und doch maßlos elend! —
Nein, sie ist schuldlos! — Doch wie ist das möglich! —
Wenn auch nicht schuldlos ganz, hat sie doch sicher

Die mindre Schuld! Ja, Alles fällt auf ihn!
Er hat mir Freundschaft Jahre lang gelogen
Und muß zu guter Letzt sich so entlarven!
Ich hasse dies Geschmeiß von Philosophen!
Und keinem werd' ich jemals wieder trauen!
An ihren Früchten sollt ihr sie erkennen!
Und wer nicht für mich, der ist wider mich!
Das ist ein wahres, tiefes, heil'ges Wort,
Das unser Herr und Meister selbst gesprochen! — —
Doch darf ich mich auf ihn, auf ihn berufen?
Der gern vergeben seinen Schuldigern?
Der noch im Tode für sie betete?
Unwürdig bin ich seines heil'gen Namens,
Nicht werth, sein Diener und sein Knecht zu heißen!
O lehre du mich reine Menschenliebe!
Laß mich bemeistern meine Leidenschaft!
So viel an mir, o stehe du mir bei,
Soll Allen, aller Welt vergeben sein! —
Ich kann nicht bleiben. Stören müßt' ich nur.
Ich werde gehn, doch scheid' ich ohne Groll!
Und ehrlich-offen will ich Abschied nehmen!

---

2. Auftritt.

Anger. Adele (kommt lachend).

Adele.

Hahaha!
Nun hat mir schon die Dritte gratulirt!

Anger.

Wer? Ihnen? Und wozu? Aus welchem Grunde?

Adele.

Ei, ei, Herr Candidat! Sie wissen wohl,
Daß Einer leicht mehr fragen kann, als zehn,
Zehn kluge Leute darauf Antwort geben.

Anger (verletzt).

Sie sagen damit, daß ein Narr ich sei!

Adele.

O keineswegs, das wollt' ich grad' vermeiden!
Verzeihn Sie, wenn ich Sie beleidigt hab'.
Nicht wahr, Sie sind nicht böse mehr auf mich?
(Giebt ihm die Hand.)

Anger.

Wer könnt' auch Ihnen auf die Länge grollen!?

Adele.

Ob's Andre können, ist mir einerlei.
Mir gnügt, daß Sie's nicht mehr im Stande sind.
Ich aber will mich redlich nun bemühn,
Stückweis die Antwort gründlich zu ertheilen.
Nicht wahr: Zuerst, w e r mir denn gratulirt?

Anger.

Sie haben ein Gedächtniß staunenswerth,
Bis auf die allerkleinsten Kleinigkeiten!

Adele.

Nun spotten Sie. Verdient' ich's aber besser?
Die Antwort schleppt sich schrecklich in die Länge!
Vielleicht ist auch die Frage schon verjährt?

Anger.

Ein Rechtsgelehrter bin ich nicht. Doch glaub' ich,
So schnell verjährt selbst keine Lumperei.

Adele.

Na, warten Sie nur! Eine Lumperei!
An mir soll Alles heute lumpig sein
Und ich am Ende eine Lumpensammler'n!
Ich, die ich eben noch für etwas Andres,
Weit Höheres, Beßres bin gehalten worden!

Anger.

Vielleicht für einen allerliebsten Kobold?
Das dürfte nahe wohl der Wahrheit sein.

Adele.

Pah! Fehlgeschossen! Sie errathen's doch nicht! —
Für eine Braut bin ich gehalten worden!
Drei Bauermädchen kamen auf mich zu
Und wünschten Glück mir, Glück zu der Verlobung!

Anger.

Für eine Braut? — Je nun, ich meine nur —
Das wär' doch keineswegs so ganz unmöglich,
So unwahrscheinlich als —

Adele.

Nun was denn: als?

Anger.

Als wie Sie selber denken, liebes Fräulein.

Adele.

Ich bitte Sie, ich bin ja noch nicht siebzehn!

Anger.

Der Mangel giebt sich täglich mehr und mehr.
Gestehn Sie's offen: Hätten Sie wohl Lust —
Wenn's sonst sich machte — diesen Schritt zu wagen?

Adele.

Es ist ein Riesenschritt, ein Riesensprung
Noch besser. Wahrlich, ich begreife nicht,
Wie Hedwig ihn so leichten Sinn's gethan,
Die sonst doch so bedächtig immer war! —
Daß ich für sie gehalten, curios!
Wir müssen uns doch etwas ähnlich sehn!

Anger (für sich).

Beim Himmel, sprechend ähnlich in der That!
Daß ich's nicht früher schon bemerken mußte!
(Laut.) Um auf das vor'ge Thema noch einmal
Zurückzukommen, mein verehrtes Fräulein —

Adele (für sich).

Was er mir heute schon für Titel gab!
Vorgestern hätt' ich das noch nicht gedacht!

Anger.

Was würden Sie von einem Mann, zunächst
Von einem Bräutigam, wollt' ich sagen, denn
Vor Allem wohl verlangen, werthes Fräulein?

Adele.

Er dürfte nicht zu lang sein!

Anger.

Kleinigkeit!
Ich meine, welchem Stand er angehören,
Was er für Eigenschaften haben müßte!

Adele.

Am liebsten möcht' es doch ein Pastor sein,
Ein Pastor auf dem Lande!

Anger.

Wenn er's nun
Zwar noch nicht wäre, aber doch in Zukunft
Die sichre Aussicht hätte, das zu werden —

Adele.

So möcht' auch ich ihm nicht die Aussicht nehmen!

Anger.

Ist das Ihr Ernst, Adele, theures Fräulein?

Adele.

Und wenn mein Ernst es wär', mein völliger —

Anger.

So würd'gen Sie mich doch nur eines Blicks!
Ich bin doch Ihnen nicht zu lang, Adele?
Mit Gottes Hülfe werd' ich hoffentlich
Auch einmal Pastor. Würden Sie mir dann
Wohl als Gefährtin treu zur Seite stehn?

Adele.

Herr Candidat, ich bin ja noch nicht mündig!

Anger.

Wenn Sie nur wollen, dann ist Alles richtig!
(Er küßt und umschlingt sie.)

---

3. Auftritt.

Anger. Adele. Hedwig. Dann die Uebrigen.

Hedwig (die unbemerkt dazugekommen, für sich).

Dem Himmel Dank, der Alles so gelenkt!
Und freier athmet wieder meine Brust!
(Laut.) Ich bring' zuerst Euch meinen Glückwunsch dar,
Adele! Karl! — und zwar von ganzem Herzen!

Adele.

Du hier, o Base? Wie bin ich erschrocken!
Ich hatte dich wahrhaftig nicht gesehn!

Hedwig.

Die Lieb' ist blind! Das ist ein altes Wort.
Magst du von diesem Staare nie geheilt sein!

Pastor, Pastorin, Helm zu den Vorigen.

Pastor.

Ich komme hier mit Frau und — Schwiegersohn,
Wer's noch nicht wissen sollte — weiß es nun.

Als Vater geb' ich Helmen meine Tochter,
Als Vormund hier Adele meinem Karl,
Und daß ihr mir nicht zu viel Mühe macht,
Trau' ich Euch allesammt an einem Tage
Und, was von Wesenheit, auch ganz umsonst.

Helm (zu Anger).

O theurer Freund, hegst du noch einen Groll?
Es hat sich Viel und Großes hier begeben.
Doch glaube mir: Kein Mensch ist schuld daran,
Nicht sie, nicht ich und auch wir beide nicht,
Nein, eine höhre Fügung war im Spiele!

Anger.

Des Höchsten Hand erkenn' ich so wie du,
Und unsre Freundschaft hebt sich neu verjüngt
Gleich einem Phönix schöner aus der Asche!

Helm.

Und wie wir beide friedlich jetzt vereint,
So seien's auch die beiden Wissenschaften,
Die wir vertreten. Nicht der Deinen Magd
Sei Meine, doch auch ihre Feindin nicht.
In diesem Bund gewinnen beide nur.
Doch frei sei jede, in sich selbst vollendet!
Was wahrhaft menschlich, ist auch wahrhaft göttlich!
So ist's die Freundschaft, und so ist's die Liebe!